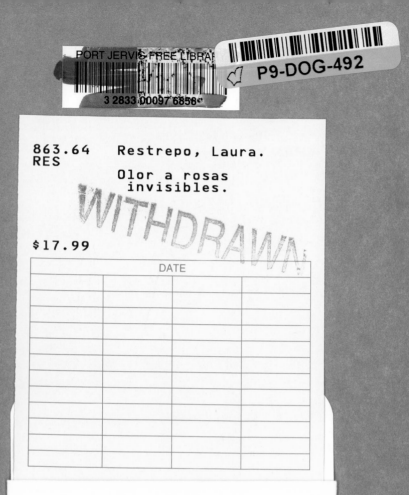

Olor a rosas invisibles

The Scent of Invisible Roses

LAURA RESTREPO

Olor a rosas invisibles

© 2002, Laura Restrepo
© De esta edición/Of the current edition
2008, Santillana USA Publishing Co.
2105 N.W. 86th Avenue
Doral, FL, 33122
Tel: (305) 591 95 22
Fax: (305) 591 74 73
www.alfaguara.net

English translation copyright © 2002 by Stephen A. Lytle
© Ilustración de cubierta/Cover illustration: Brian Nissen, 2008
Pintor y escultor radicado en Nueva York

Diseño de cubierta/Cover design: Martha Patricia Reyes Ramírez
Diseño de interiores/Designed by: Martha Patricia Reyes Ramírez

ISBN-13: 978-1-60396-350-3
ISBN-10: 1-60396-350-2

A la Mamina

Creo que debió servirse un trago: como todo *señor* del mundo, Luis C. Campos C. —llamado desde los días del colegio Luicé Campocé— tenía en su oficina una neverita con hielo, soda, ¿aceitunas y cerezas marrasquino?, lo necesario para servirse un trago cuando algo lo inquietaba. Se reclinó en su poltrona de cuero, desvencijada pero imponente, heredada de don Luis C. Campos padre, y la hizo girar hacia los cerros que espejeaban al otro lado del ventanal, para perder en ellos la mirada. Aunque «perder» sea sólo un decir porque, a diferencia de mí, él era el tipo de hombre que siempre gana.

Supongo que le sudaron las manos, síntoma inoportuno para nuestra edad y que no le sucedía desde la sesión de clausura en que recibimos de los jesuitas nuestro diploma de bachilleres. Podría jurar además que tan pronto colgó el teléfono sintió correr por su despacho, irreverente y resucitado, el viento limpio de esa primavera romana de hacía cuarenta años, que de buenas a primeras regresaba a desordenarle los papeles del escritorio y a alborotarle las canas. Debió hacerle gracia semejante revuelo a estas alturas de la vida: hombres como él no se despelucan con frecuencia. Frenó con una señal brusca de la mano a una secretaria solícita que pretendía interrumpirlo para que firmara alguna cosa: indicio inequívoco de que no quería que se dispersara la inesperada tremolina de recuerdos.

La voz femenina de acento incierto que acababa de escuchar por larga distancia había despertado en él un hormigueo de tiempos idos que aplazaba la urgencia de los negocios del día, invitándolo a interrumpir esa implacable rutina de lugares comunes y gestos calculados que garantiza el diario bienestar de la gente como él.

Me confesó después que en ese momento tuvo que hacer acopio de todo su poder de concentración para arrinconar al ratón hambriento que desde hacía un tiempo roía el queso blando de su memoria. Quería recomponer el escenario para ubicar esa voz de mujer: recuperar cada instante, cada olor, cada tonalidad del cielo…

Fracasó desde luego en el intento. Volvió a esforzarse, ya sin tanta pretensión: si pudiera rescatar al menos algún olor, un color siquiera, ¿del cielo? ¿del vestido de ella? De sus grandes ojos verdes… Porque eran grandes y eran verdes, de eso estaba seguro, aunque era posible que tiraran a amarillo. No pudo acordarse de nada en concreto, pero sí, dichosamente, de todo en abstracto, y con eso tuvo suficiente para seguir volando en la cálida sensación de vitalidad que le había llegado por el cable del teléfono.

Fotografías cuidadosamente alineadas sobre el escritorio —en pesados marcos de plata, añadiría yo— desde las cuales le sonreían con cariño su esposa, sus hijos y sus nietos, intentaban recordarle cuán lejana y perdida estaba aquella primavera; cuánta vida buena, digna y esforzada había corrido desde esa remotísima temporada romana cuando aún estaba soltero. Él les devolvió la mirada con afecto infinito (porque amaba a su familia, de eso soy testigo) y les pidió disculpas por el momentáneo aplazamiento: en ese instante de inspiración no podía atenderlos; le resultaba indispensable borrar toda interferencia.

No puedo yo —y creo que tampoco podría él— precisar con claridad la secuencia de impulsos que lo habían llevado a marcar, después de cuarenta años, el indicativo internacional, el prefijo de Suiza, el 31 que comunica con Berna y finalmente el número telefónico de ella. Muchas veces me he preguntado por qué la llamaría justamente ese día, si hasta el anterior ni se le había pasado por la cabeza hacerlo. ¿Por qué de repente volvía a sentirla indispensable y cercana, si cuatro decenios de buen matrimonio con otra mujer admirable habían hecho que, hasta ahora, sólo en las veladas del Automático la recordara?

Me refiero a que en tiempos del Café Automático solíamos reunirnos en ese lugar cinco amigos íntimos, ya entrados en la treintena, que nos divertíamos con el juego agridulce de rememorar viejos amoríos descarriados, y en esas ocasiones Luicé, cuando quería lucirse, nos hablaba de ella. Decía que se llamaba Eloísa, que pertenecía a una familia rica de Chile y que la había conocido por casualidad en una travesía por el Nilo. Con el tiempo, los compinches del Automático llegamos a familiarizarnos con los detalles de ese noviazgo: sabíamos que Luicé vio a su chilena por primera vez en el puerto de Luxor, inclinada sobre la borda y embelesada con la ternura dorada del río, minutos después de que zarpara el barco. Que esa noche se sentó a su lado durante la cena que ofreció el capitán para los pasajeros de primera, y que de ahí en adelante no volvieron a separarse. Todo en ella —según Luicé— despedía seguridad y desenfado, la suavidad castaña de su melena corta, el acento impecable con el que manejaba el italiano y el francés, la agilidad adolescente con que recorría las ruinas luciendo bermudas, botas de excursionista y gafas negras. Al cabo de diez días, frente a las pirámides de El Cairo, Luicé la besó en el cuello y le confesó su amor.

—Sé preciso —interrumpía Herrerita en ese punto del relato—. ¿Frente a cuál de las pirámides la besaste, Keops, Kefrén o Mikerino?

Emprendieron juntos el regreso por Roma, de donde él debía volar a Inglaterra para terminar su carrera en el London School of Economics, y ella a Ginebra, donde se especializaba en idiomas. Intentaron despedirse en el aeropuerto pero no fueron capaces; cancelaron sus respectivos pasajes, tomaron un taxi de vuelta a la ciudad y se alojaron en un hotel cercano a la Fontana di Trevi.

—Qué delicioso melodrama de niños ricos —interrumpía Herrerita, y lo callábamos de un pestorejo.

Un mes después, cuando ya era absolutamente impostergable la partida hacia la universidad, fracasaron de nuevo en el intento de separarse y, feriándose el destino, se mudaron a una pensión folclórica del Trastevere donde convivieron durante tres meses más, entregados a un amor alegre y despreocupado y gastando en paseos a Venecia y a Amalfi los recursos que sus respectivas familias, desde América Latina, les enviaban religiosamente, convencidas de que continuaban dedicados a sus estudios.

—Ahora viene lo mejor —se relamía Herrerita, preparándose para el final.

El desenlace de la aventura no se hizo esperar más de veinticuatro horas a partir del momento en que la madre de Eloísa, informada nadie sabe cómo del engaño, aterrizó en Roma acompañada por su severo hermano mayor, dispuesta a rescatar a su hija de los malos pasos así fuera con ayuda de la policía.

Luicé nunca supo qué sucedió esa noche en la reunión entre la muchacha, su tío y su madre; sólo supo que a la madrugada siguiente se presentó en el cuarto de la pensión una Eloísa de ojos enrojecidos por horas de arrepentimiento y llanto, que sin decir palabra empacó sus pertenencias y se despidió sin mirarlo de frente, mientras sus familiares la esperaban abajo en un taxi con el motor en marcha.

Por su parte, tampoco él pudo impedir que su familia se enterara del enredo, que su padre montara en cólera ante tamaña irresponsabilidad y se negara terminantemente a financiarle más estudios en el exterior, motivo por el cual debió resignarse a regresar a Bogotá, donde obtuvo un modesto título de economista en la Universidad Javeriana, que en cualquier caso no fue obstáculo para que entrara a trabajar al enorme negocio de don Luis C. viejo y, tras su muerte, quedara a la cabeza del establecimiento.

Esta Eloísa chilena —burguesita, políglota y *avant-garde*— llegó a convertirse en una de las grandes favoritas de nuestra galería de amadas perdidas, compitiendo en primacía con la panadera trágica y tísica de Herrerita, la modelo de Christian Dior que Bernardo persiguió por medio mundo, las tres hermanitas putas de Magangué que iniciaron en la cama al Turco Matuk, y una prima universitaria llamada Gloria Eterna con quien soñó Ariel todas las noches sin falta desde los diez años hasta los trece.

Tras el cierre del Café Automático dejé de ver a Herrerita y a los otros, pero mantuve con Luicé una amistad estrecha que nunca se resintió por el hecho de ser él cada vez más rico y yo cada vez más pobre, y que me permitió seguir de cerca el trayecto de su vida. Así, vine a saber que a pesar del abrupto final de su romance con Eloísa, y de que cada quien organizó su vida por su lado con un océano de por medio —él en Colombia y ella en Suiza—, no perdieron del todo el contacto a lo largo de los años, que les depararon motivos de sobra para felicitarse recíprocamente a través de breves y más bien impersonales notas de cortesía: primero el matrimonio de él con una muchacha de la sociedad bogotana, luego el de ella con un banquero suizo, el nacimiento de los hijos —dos de él y una de ella—, y, tiempo después, la llegada de los nietos.

Si las añoranzas se incluyeran en el *curriculum vitae* de los altos ejecutivos, bajo el rubro, digamos, de «importantes momentos vividos», esta primera parte de su historia con Eloísa bien podría aparecer en el de Luicé: todo correctísimo y perfectamente presentable, a duras penas una sabrosa locura de juventud enmendada muy a tiempo y transformada en discreta cordialidad entre personas mayores.

Es entonces cuando interviene el destino para alterar el cuadro, al traer por correo una esquela escrita en pulcra letra del colegio Sagrado Corazón sobre papel blanco, no diré que perfumado porque tengo el mejor concepto de Eloísa, a quien siempre admiré sin conocerla. La había enviado ella para contarle a Luicé que dos años antes había muerto su marido tras una larga y engorrosa enfermedad. Duramente golpeada por ese infortunio, ella guardó silencio durante el tiempo del duelo y luego se permitió, en cuatro líneas, romper la distancia acostumbrada y dejar traslucir un apenas perceptible matiz de nostalgia que fue, probablemente, lo que lo motivó a llamarla para darle el pésame de viva voz, después de varios intentos fracasados de producir una carta que no fuera, como las anteriores, redactada por su secretaria.

El día de la conversación telefónica él regresó a su casa agitado por un raro desasosiego que no le permitió probar bocado del *ossobuco* que le tenía preparado Solita, su mujer, dada a consentirlo con recetas sacadas de *Il Talismano della Felicità*, sin tener en cuenta la dieta recomendada por el médico para el control de sus dolores de gota. Tampoco pudo entregarse en paz al *Adagio* de Albinoni, que solía llevarlo en barca por aguas serenas hasta la zona más armoniosa de su propio ser. Personaje de cultura más bien decorativa —un Fernando Botero colgado en la pared de la sala era su mejor diploma de hombre de pro—, Luicé tenía con la música clásica una relación de conveniencia bastante parecida a la que mantenía con la nevera bien surtida de su minibar. Las cadencias de Johann Strauss o los brillos de Chaikovski ondulando allá, al fondo y sin interferir, siempre le habían producido la sensación de que las cosas, en general, le estaban saliendo bien, y piezas como la sonata *Claro de luna*, el *Canon* de Pachelbel y el *Adagio* de Albinoni hacían parte de su noción domesticada de felicidad. Sin embargo, y sin darse cuenta a qué horas, con el *Adagio* había llegado un poco más allá. Jamás lo hacía sonar en público ni toleraba interrupciones mientras lo escuchaba, siempre unos minutos antes de irse a dormir, y así, noche tras noche, la melancolía de esas notas, convertidas en una suerte de pequeño ritual íntimo, dejaba en su alma el sabor de un padrenuestro que él, liberal progresista, ya no sabría pronunciar.

Pero esa noche no; ni siquiera aquel *Adagio* encontraba la manera de llegar hasta Luicé. Cerca de las diez vino a visitarlo su hijo Juan Emilio, y le comentó cosas acerca del nieto que él intuía importantes pero en las cuales no lograba centrar la atención. Ya entre la cama le preguntó a Solita:

—¿Alérgico?

—¿Qué cosa?

—¿Eso fue lo que dijo Juan que parecía ser Juanito, alérgico?

—Alérgico no, preasmático.

—Mala cosa, mala cosa… ¿Alérgico a qué?

—¿Se puede saber dónde tienes la cabeza esta noche?

—En ningún lado —mintió.

Estuvo inquieto y ausente a lo largo de la semana, como si no se encontrara a gusto dentro de su propio pellejo, y ya empezaba a preocuparse por esa absurda e insistente comezón mental que le estorbaba en sus relaciones familiares y laborales, cuando cayó en cuenta de que sólo le pondría alivio si la llamaba de nuevo. Así lo hizo, y también a la semana siguiente, y a la otra, y cuando vino a darse cuenta todos los lunes en la noche se sorprendía pensando por anticipado en ese telefonazo a Berna que disparaba desde su oficina los miércoles a las doce en punto del mediodía.

Eloísa hablaba el doble que él, en cantidad y en velocidad, y ambos se limitaban a tocar temas de salón, como la marcha de los negocios de ella, las salidas en falso del embajador colombiano en Suiza gracias a su afición al alcohol, las maravillas de una retrospectiva de Van Gogh que ella visitó en Ámsterdam, la gota que a él le estrangulaba el dedo gordo del pie. Eran temas más bien tontos, desde luego, pero me gusta imaginar que cada vez que conversaban el soplo fresco de primavera romana volvía a correr por la oficina de Luicé, alborotándole los papeles y los recuerdos.

Debió ser en agosto, dos o tres meses después de regularizadas las llamadas, cuando mencionaron por primera vez la posibilidad de visitarse. Lo propuso ella de la manera más transparente, al poner su casa en Suiza a disposición de él y de su esposa para las vacaciones de diciembre.

—Y si tus nietos quisieran aprender a esquiar —le sugirió— tráelos también, que yo puedo desde ya ir haciendo arreglos para el alquiler de un par de cabañas en la montaña.

El posible viaje empezó a ocupar cada vez más minutos de la conversación semanal, pasando por diversos lugares y variantes. Él le contó que su esposa tenía deseos de volver a París y convinieron en que bien podría ser ése el punto de encuentro, pero desde luego mejor en primavera que en invierno. Como el tema era más un pretexto para comunicarse que un plan concreto de acción, saltaban sin rigor de una ciudad a otra, de un mes al siguiente, sin precisar lo que decían ni preocuparse por definir. De París saltaron a Miami, donde él tenía unos socios de negocios que convendría visitar; de ahí a Praga, meca a la cual ambos, desde siempre, habían deseado peregrinar; de Praga insensiblemente a Roma, y de Roma, por supuesto, como broche ineludible del periplo imaginario, a Egipto. En algún punto de esta travesía verbal dejaron de referirse a los nietos, y luego, sin saber cómo, de miércoles a miércoles fue quedando borrado de los ires y venires el nombre de Solita, quien jamás había sido informada de los múltiples programas de vacaciones en los cuales, hasta cierto momento, había sido incluida como tercer pasajero.

La sola mención de Egipto, con la carga afectiva que tenía para ellos de hecho remoto pero cumplido, le impuso a la voz de Eloísa un timbre más ansioso, un muy femenino afán por puntualizar, por entrar estrictamente en materia, ya con tarifas de vuelo en mano y con sugerencias específicas de fechas y hoteles, todo lo cual a él, que hablaba por hablar, confiado en que se trataba de un proyecto irrealizable, lo tomó por sorpresa y en buena medida lo fastidió, haciéndolo dudar del terreno que pisaba.

Es obvio que durante todos estos meses escuchar a Eloísa se le había convertido a Luicé en un bálsamo contra los peculiares atropellos que a un hombre de su condición le impone el ingreso a la vejez: el cambio del tenis por el golf, el abandono forzado del cigarrillo, los orificios de más en el cinturón, las dioptrías adicionales en los lentes. Pero de ahí a arriesgar lo que había construido durante toda una vida por irse a recorrer el Nilo con una antigua novia, había un abismo que ni remotamente estaba dispuesto a franquear. Eso era evidente para cualquiera, menos para Eloísa; yo no diría que por ilusa sino al contrario, por ser mujer acostumbrada a que se cumpliera su santa voluntad.

Así que a la siguiente llamada se desencontraron en una diferencia de intensidades que ninguno de los dos dejó de percibir. El entusiasmo excesivo de ella fue retrocediendo, cauteloso, ante las respuestas evasivas de él, y al momento de colgar ambos supieron que habían llegado a un punto muerto que no les dejaba más salida que el regreso a las esporádicas y diplomáticas notas por escrito.

Durante los dos meses siguientes no volvió a repicar el teléfono los miércoles a las seis de la tarde en la casa de Berna, y creo lícito presumir que Luicé se fue olvidando del asunto con una resignación destemplada, a medio camino entre la contrariedad y el alivio. Aunque secretamente hubiera preferido limitarse a café con leche y tostadas, pudo volver a disfrutar las recetas italianas que por las noches preparaba Solita, y retomó con alegría su vieja y sedante manía de escuchar el *Adagio* de Albinoni antes de dormirse.

Esa mañana de domingo en que compró en el kiosco de la esquina el número cinco de una edición en serie llamada *Los tesoros del Nilo*, lo hizo más por reflejo que otra cosa, sabiendo de antemano que jamás compraría el número seis. No fue así: no sólo envió a un mensajero a adquirirlo, sino que le pidió a la secretaria que le consiguiera los cuatro primeros, que ya estaban fuera de circulación. No creo que pensara en Eloísa mientras hojeaba esas páginas sin detenerse en el texto, un poco con la cabeza en otra cosa, como quien da un vistazo a los avisos clasificados sin buscar en ellos nada en particular. Ni él mismo debía saber por qué encontraba intrigante repasar esas grandes láminas a color, aunque pensándolo mejor tal vez sólo fuera por verificar el grado de reblandecimiento de su memoria, que lo hacía desconocer, como si fueran de otro planeta, lugares en los cuales había estado de cuerpo presente. ¿Abu Simbel? No, tal vez hasta allá no había llegado. De Karnac se acordaba un poco más, pero estos gigantes con cabeza de carnero, así sentados en fila india, ¿los había visto? Si hubiera conservado las fotos lo habría verificado. Porque se retrataron juntos en las ruinas, entre las excavaciones, en la cubierta del barco y también esa última noche que Herrerita exigía que le contaran en detalle, la del baile de gala en que Eloísa apareció deslumbrante, disfrazada de Isis, ¿de Osiris?, en fin, de diosa egipcia.

—Nunca has querido confesarnos de qué estabas disfrazado tú —importunaba Herrerita.

—Hombre, es que no logro acordarme.

—¿De eunuco, tal vez, o de obelisco? ¿De odalisca, de dátil, de legión extranjera? ¡Lo tengo! De tapete persa, o de giba de camello…

Luicé había quemado esas fotos unos días antes de casarse, junto con todas las que incluían presencias femeninas que pudieran, en caso de ser descubiertas, suscitar inquietud en su esposa. Había sido a todas luces una tontería, porque a Solita le divertía que le contara viejas aventuras, y además mantenía en las repisas del cuarto de estar varios álbumes de juventud donde ella misma aparecía de media tobillera, falda rotonda y zapato combinado, riendo y bailando muy desparpajada con otros galanes.

Los tesoros del Nilo ajustaban ya la docena cuando un miércoles, cerca de las dos, saliendo él de su despacho para almorzar, fue detenido en la puerta por su secretaria.

—Tiene una llamada de larga distancia, *señor*. De Berna. ¿Digo que lo busquen por la tarde?

Se abalanzó sobre el teléfono con más precipitación de la que hubiera querido que presenciara su secretaria, y me parece de cajón decir que tuvo que aspirar profundo para que su voz entrecortada no delatara los latidos del corazón. Eloísa fue breve y al grano, sin hacerle consultas ni permitirle interrupciones: su hija, fotógrafa, haría una exposición la semana entrante en Nueva York y ella viajaría a acompañarla. Después iría a tomar el sol unos días a Miami, donde lo esperaba de hoy en quince días a las seis de la tarde, en el *gate* 27, sección G, del aeropuerto internacional. Si tomaba el vuelo de American Airlines llegaría puntual a la cita. No debía preocuparse por reservar alojamiento porque ella tenía todo solucionado. Como suponía que después de tantos años no podría reconocerla, quería que supiera que tendría puesto un vestido de seda color lila.

Me pregunto cuál habrá sido su primera reacción ante semejante propuesta, que debió sonarle altamente descabellada. Después de descartar otras hipótesis me quedo con la siguiente, que divido en dos: uno, le produjo risa el tono tajante y ejecutivo y la resolución sin paliativos con que le transmitían la orden. Y dos, sintió admiración por la audacia de Eloísa, quien a la anterior táctica de él, de diluir la situación comprometedora en silencios e indefiniciones, contraatacaba ahora con hechos contundentes como pedradas. Sea como fuere, Luicé sólo atinó a decir una cosa antes de que ella colgara:

—Como mande, señora.

«Como mande, señora.» ¿Cómo interpretar tal frase? Igual que si hubiera dicho «hágase tu voluntad», «donde manda capitán no manda marinero» o cualquier otra fórmula de conveniencia para salir del aprieto sin comprometerse del todo y sin cometer la grosería de negarse. Pero se ve que el asunto le quedó dando vueltas en la cabeza.

Averiguando aquí y allá, vine a saber que ese día el mesero que le sirvió el consomé al jerez a la hora del almuerzo se extrañó de que el *señor*, siempre tan serio, se riera solo; luego se fijó en que conservaba la sonrisa a todo lo largo del filete de pescado, y a la hora de los postres tuvo que desistir de preguntarle cuál prefería: tan abstraído estaba que simplemente no oía. Así que por su propia cuenta y riesgo el mesero le trajo un flan de caramelo, y lo vio ingerirlo en medio de un ensimismamiento tal, que tuvo la convicción de que le hubiera dado lo mismo el flan que un pato a la naranja o un ramo de perejil.

Pese al humor risueño que le produjo el episodio telefónico, Luicé debió regresar a la oficina decidido a no dejar pasar la tarde sin llamar a Eloísa para disuadirla, pero en vez de hacerlo le pidió a su secretaria que verificara la vigencia de su visa norteamericana.

—Sólo por si acaso —le dijo.

Al día siguiente tuvo que ir a la dentistería para que le sacaran una muela irrecuperable, y más que por la violencia del forcejeo que implicó la extracción, quedó maltratado por la respuesta que le dio el odontólogo cuando él quiso saber si habría que reemplazar la pieza perdida por una prótesis.

—No podemos —le dijo, utilizando el humillante plural de misericordia—. No tenemos de dónde agarrarla. Recordemos que los molares vecinos ya se nos fueron...

—¿Me está diciendo que usted también es un viejo desmueletado? —se defendió en el colmo de la indignación, y regresó a su casa con la cara hinchada y trinando del mal genio.

Es fácil comprender que, a su fronteriza edad, Luicé le hubiera dado una importancia excesiva al incidente, el cual sumado a la gota que le torturaba el pulgar y a la decisión necesaria pero ofensiva de retirarse pronto dejando la oficina en manos jóvenes, parece haber sido el causante de esa rebeldía inmanejable y empecinada que lo poseyó por esos días, y que su mujer, sorprendida, llamó «de adolescente». Pero que en realidad era de caballo viejo que le tira coces a todo el que intente apretarle la cincha. Le dio por encerrarse en su cuarto a mirar al techo, fumó a escondidas y se obsesionó con la idea de que le estaban malcriando a los nietos.

—Su papá está hecho el Patas —les comentó Solita a los hijos.

Se mostraba irritable hasta con el ser que despertaba su adoración más incondicional, su hijo Juan Emilio.

—¿Sabes, papá, que ese adagio que tú escuchas en realidad no es de Albinoni? —tuvo el hijo la peregrina idea de preguntar.

—Cómo así —ladró él—. ¿De quién va a ser el *Adagio* de Albinoni si no es de Albinoni?

Juan Emilio trató de explicar que se trataba de una magistral falsificación de Remo Giazotto, biógrafo de Albinoni, con lo cual no logró sino disgustar aún más a su padre.

—Era lo único que me faltaba —refunfuñó—. Llevo tres años enteros, ochocientas noches seguidas, escuchando una vaina, y ahora me vienen con que esa vaina es otra vaina.

Además, había cogido la maña de regañar a las secretarias por tonterías, lo cual era falsamente interpretado en la oficina como intolerancia frente a los errores. Según me daba cuenta, lo que lo lastimaba de ellas era su extrema juventud, esa lozanía fragante de manzana verde que le ponía de presente su propio tránsito hacía la condición de ciruela pasa.

Como una manifestación más de su solitario movimiento de protesta contra los demás y sobre todo contra sí mismo, aplazaba deliberadamente, día tras día, esa ineludible llamada telefónica a Berna para disculparse. No porque en verdad considerara la posibilidad de ir, sino simplemente por darse el gusto de ser irresponsable. En este punto hay que recordar que la única irresponsabilidad importante que hasta la fecha registraba su pasado de hombre probo era precisamente la que había cometido con la muchacha chilena.

Debió pasar horas devanándose los sesos en busca de la manera más amable de negársele a

Eloísa, sin ofenderla ni parecer patán, y en cambio tardó sólo dos minutos improvisando ante su esposa la primera gran mentira de su vida conyugal.

—Qué pereza Miami —le dijo—. Pero no hay remedio, esta transacción tengo que cerrarla allá.

Hay algo que puedo asegurar, aunque mi amigo Luicé no se lo confesara ni a sí mismo, y es que después de pronunciar su coartada debió observar detenidamente a Solita, a quien tanto amaba y necesitaba, y lo que seguramente vio en ella fue un testigo demasiado fiel de su propio deterioro: de la creciente falibilidad de sus erecciones, de la catástrofe de sus muelas, de sus debilidades de carácter, de su hipocondría cada vez más consolidada. Luicé sabía de sobra que no tenía manera de engañar a su esposa con esos súbitos arranques de juventud que le inflamaban el espíritu y al rato se apagaban, porque durante casi medio siglo ella lo había visto desnudarse noche tras noche de cuerpo y alma, y aunque disimulara —Luicé intuía que ella disimulaba para no lastimarlo— debía llevar en la cabeza una contabilidad meticulosa de su deterioro. Ciertamente

Solita, Florence Nightingale de todos sus acha-
ques, no era personaje que él pudiera deslumbrar
con renovados trucos de seducción y magia. Para
eso eran indispensables un escenario de estreno,
una función de gala y una mujer bella y extraña que
alumbrara el instante y que desapareciera sin dejar
rastro antes de que se rompiera el hechizo, al sonar
las doce campanadas.

Lo primero que hizo al subir al avión, in-
cluso antes de abrocharse el cinturón de seguridad, fue pedir un whisky doble. ¿Para camuflar
el sobresalto que le producía la idea de llegar
a ese aeropuerto enorme y desapacible? Es com-
prensible; no tenía un teléfono ni una dirección,
ni otra referencia que una cita sujeta a mil avata-
res, fijada quince días antes y nunca reconfirmada,
en busca de un fantasma del pasado envuelto en seda color lila.

Aterrizó en Miami con cinco whiskies adentro,
un cuarto de hora de adelanto y un estusiasmo sin
sombras que lo condujo derecho hasta la sección G.
En la sala señalada encontró unas veinticinco perso-

nas, se detuvo a estudiarlas una por una y comprobó con inquietud que ninguna vestía de lila.

Si yo fuera él, hubiera pasado por alto ese leve contratiempo diciéndome a mí mismo que era demasiado pronto para preocuparse, y que seguramente el avión de Eloísa no habría aterrizado todavía. ¿Pero si, por el contrario, ella había llegado antes, y el problema radicaba en que la estaba esperando en la sala equivocada? Hizo lo mismo que hubiera hecho yo: retrocedió hasta la entrada y verificó en el letrero que no había error: se encontraba, en efecto, en el *gate* 27 de la sección G. Chequeó su Omega de pulsera: apenas las cinco y cuarenta. Salvo sus nervios, todo estaba bajo control.

Pero... ¿y la diferencia de horas? La posibilidad de que fuera una hora más tarde de lo previsto tuvo que congelarle el corazón. Por fortuna justo enfrente tenía, grande y redondo, un reloj de pared de netos números arábigos que coincidía al segundo con el suyo propio, actualizado, tal vez recordó, durante el vuelo por sugerencia de la voz del capitán.

Visiblemente más tranquilo, ubicó el punto que ofrecía el mayor dominio sobre el tránsito de viajeros, se sentó y aunque procuró relajarse, el estado de alerta lo fue empujando hacia el borde de la silla. Pasaron diez minutos, veinte. A medida que amainaba el efecto del whisky bajaba también el volumen del entusiasmo, dejándolo expuesto al hostigamiento de una duda cruel: ¿se habría arrepentido Eloísa? O peor aún, ¿se habría tomado a broma una cita que él, ingenuo, había venido a cumplir religiosamente?

A mí, de estar en su pellejo, me hubiera producido risa pensar que a mi edad, y por mi propia voluntad, me había montado en semejante vacaloca. Pero la risa se me hubiera convertido en bocanada de melancolía, y no habría podido controlar las ganas de volver a casa. Tal vez ya imaginaba él la cara que pondría Solita al verlo regresar de Miami antes de la medianoche del mismo día de partida, cuando en ésas apareció, al fondo del pasillo, una mujer alta y esbelta que llamó su atención por el vistoso moño que llevaba en la cabeza.

Con andar grácil y resuelto, la mujer avanzó hasta la entrada de la sala y allí se detuvo, de tal manera que él pudo observarla a sus anchas mientras ella oteaba alrededor, como buscando a alguien. Era joven y ciertamente hermosa, y poseía unos rasgos exóticos pero de alguna manera familiares que surtieron en Luicé un efecto hipnótico.

Hubiera querido seguir así, contemplándola sin ser visto, pero ella posó en él sus ojos, ocasionándole una sorpresa que se volvió turbación cuando notó que la joven le sonreía y empezaba a caminar hacia donde se encontraba. Mientras ella atravesaba los veinte metros que los separaban, siempre mirándolo y sin ocultar la sonrisa, él se fijó en el vuelo ondulante de su vestido amplio y blanco; cuando faltaban cinco metros vio los destellos de sus ojos amarillos; a los cuatro metros se estremeció al caer en cuenta de que el gran moño de seda que llevaba atado a la cabeza era color lila; faltando dos metros fue fulminado por una revelación aterradora: esa mujer era Eloísa.

En pocos segundos —los que tardó ella en caminar los últimos dos metros— él rescató del pantanoso laberinto de su memoria la secuencia de imágenes de la travesía por el Nilo. Allí estaba de nuevo, con lacerante nitidez, el dios Horus con su perfil de halcón, el magnífico obelisco impar que vigila la entrada al templo de Amón, los escarabajos de lapislázuli y malaquita, la procesión viviente de figuras bíblicas a lo largo de las verdes orillas, las cobras entorchadas al cuello de los mercaderes de Aswan. Y en medio de todo aquello resplandecía ella, exactamente igual a como la tenía ahora, cuarenta años después, aquí parada a su lado en el aeropuerto internacional de la ciudad de Miami.

Los años le habían pasado a través como el rayo de luz por el cristal: la habían dejado intacta. Sintió que en el fondo de su pecho nacía por ella un amor perdido y una admiración oceánica, sólo proporcional al fastidio y al menosprecio que empezaron a brotarle a borbotones por su propia persona. Le pareció impresentable su abultada barriga, trató de alisarse el traje arrugado durante el vuelo, le pesaron más que nunca las bolsas bajo los ojos, supo que el cigarrillo que acababa de fumarse le había dejado un

pésimo aliento. Nunca jamás había estado tan des-
amparado como en ese instante, sintiéndose único habitante del inclemente país del tiempo, vícti-
ma solitaria y selecta del correr de los días y las horas,
que lo habían molido con sus dientes minúsculos.

—Soy Alejandra, la hija de Eloísa —le dijo ella
tendiéndole la mano, sin sospechar siquiera de qué
tinieblas abisales lo rescataba.

—La hija de Eloísa... —suspiró él, y añadió, con
el alma de nuevo en el cuerpo—: ¡Bendita sea la ra-
ma que al tronco sale! Eres idéntica a tu madre. ¿Cómo hiciste para reconocerme?

—Ella me mostró una foto y me dijo: ponle canas, añádele kilos y gafas, y no se te escapa.

Alejandra le dio explicaciones confusas sobre cómo su madre había tenido que demorarse en
Nueva York unas horas adicionales, mandándo-
la adelante al encuentro con él con la misión de no
dejar que se preocupara y de hacerle compañía hasta las nueve.

—¿A las nueve llega Eloísa?

—Así es. Si usted quiere, mientras tanto

podemos ir alquilando el coche, y si tiene hambre comemos algo.

—¿Ustedes dos se encontraban juntas en Nueva York?

—Sí, pero ella no pudo estar aquí a las seis, por ese problema que le digo —insistió Alejandra, enredándose de nuevo en vagas disculpas que tenían que ver con tarifas aéreas.

Él hubiera necesitado que le precisaran qué problema era el causante del retraso, para recuperar un control al menos aparente de la situación, pero ahora Alejandra le presentaba a un joven afilado y pálido como un puñal, de chaqueta aporreada y aire indiferente, en quien no había reparado antes.

—Éste es Nikos, mi novio.

En desacoplada y tensa comitiva, fueron los tres a alquilar el automóvil y luego a comer algo liviano entreverando silencios embarazosos con fragmentos de una conversación bastante formal a la cual Nikos ni aportaba palabra ni ayudaba en absoluto con su actitud displicente. A él le costaba trabajo ocultar su fastidio hacia el tal Nikos, y si no huía de ese aeropuerto donde se sentía actuando de extra en una comedia ajena era, seguramente, por resignación ante la ineludible cadena de consecuencias que se desprenden de un acto equivocado; había cometido un error al tomar ese avión, o quizás meses antes, al llamar a Eloísa por primera vez, y era demasiado viejo para no conocer cierta ley de la realidad según la cual todo camino recorrido requiere tantos pasos de ida como de vuelta.

Sé que un dulce atenuante matizaba su malestar, y era la presencia de Alejandra, su sonrisa franca y su empeño conmovedor en hacer de esta cita estrafalaria un maravilloso encuentro de amor para su madre. La vida es ciertamente extraña: esta muchacha preciosa que poco antes había aparecido ante sus ojos como una Afrodita encarnada, ahora despertaba en él una inclinación más paternal que otra cosa, y se deduce que al mirarla no podía evitar pensar en Juan Emilio porque le dijo en voz baja y tono conspirativo, aprovechando que el cadavérico Nikos había ido por café:

—Cómo me gustaría que alguna vez conocieras a mi hijo menor. Se llama Juan Emilio y es un estupendo tipo. Recién separado, ¿sabes?

Poco antes de las nueve la pareja se despidió de Luicé, dejándolo solo en la sala donde debía esperar a Eloísa. De tantas emociones encontradas no le quedaba sino el cansancio, y se desplomó en la primera silla que encontró a mano con toda la esperanza cifrada en un momento de paz. No habían transcurrido dos minutos cuando vio que Alejandra regresaba corriendo, desamarraba el etéreo *écharpe* de seda lila que traía atado a la cabeza y se lo entregaba.

—Devuélvaselo a mi madre, que hace parte de su vestido —le pidió, dándole un beso leve en la mejilla—. Y por favor, pasen unos días muy felices.

La muchacha se alejó corriendo, como había venido, y Luicé quedó de nuevo a solas, con su fatiga a cuestas y el *écharpe* desmayado entre las manos. Los parlantes anunciaron la salida de algún vuelo y tras un rápido alboroto de gentes y maletines la sala quedó silenciosa y vacía, y él pudo extender las piernas sobre las dos sillas vecinas. Se fue dejando arrastrar por una modorra blanda, ondulante, hasta llegar a un sueño denso y sin fisuras del cual no lo rescató la oleada de perfume floral que invadió sus narices, ni la risa cascabelera que inundó sus oídos, ni siquiera los toques suaves de una mano en la rodilla. Tiempo después, como quien atraviesa un lago bajo el agua y no se asoma a tomar aire hasta topar con la otra orilla, su conciencia salió a flote devolviéndolo a una cegadora luz neón.

Recorrió el entorno con unos ojos recién nacidos que aún veían más hacia adentro que hacia afuera, y pegó un salto al registrar la proximidad de una señora de cabello rojo que lo observaba.

—Devuélvame esto, *señor*, que es mío —le dijo ella, soltando la risa y quitándole el *écharpe*, que era del mismo material y color que el resto de su vestido.

La miró petrificado, como si despertara a un sueño más irreal aún que el anterior, y no atinó a hacer ni decir nada. Ella intentó sonreír y luego se llevó una mano nerviosa al pelo, tal vez achacándole a su aspecto la culpa del marasmo de él.

—¿Demasiado rojo, verdad? —preguntó.

—¿Qué cosa?

—Mi pelo…

—Un poco rojo, sí.

Consciente de cada uno de sus gestos, torpe y tieso como muñeco de gran guiñol, él se puso en pie y le dio a la mujer un abrazo de obispo, que más que acercamiento y encuentro fue constatación de la enorme distancia que lo separaba de ella. Mientras permanecía retenido por unos brazos que no daban muestra de querer soltarlo, tomaba nota, creo yo, de la diferencia de volumen entre esta Eloísa de ahora y la del pasado, y sus manos, apoyadas sobre la espalda y la cintura de ella, se percataban de cómo, del otro lado de la seda fría, las formas femeninas se fusionaban en una sola tibieza abundante de carnes acolchadas. Al menos así me hubiera pasado a mí.

«Tanto riesgo y tanto viaje», debió pensar, «para venir a encontrarme con una señora igualita a la que dejé en casa.»

Cuando se zafó del abrazo y pudo ganar unos centímetros de distancia, hizo un enorme esfuerzo por reconocerla. Pero no había nada que hacer. Esta pelirroja envuelta en nubes de perfume floral y seda lila, que tenía las facciones de Eloísa, que hablaba y se reía igual a Eloísa, en realidad no se parecía a nadie, ni al recuerdo de la Eloísa joven, ni tampoco a Alejandra, ni siquiera a lo que alguien hubiera podido suponer que sería Eloísa entrada en la madurez.

Ella se afanaba por explicar cómo esa mañana, al levantarse, había descubierto ante el espejo que las canas empezaban a asomar bajo la tintura del cabello.

En Suiza se había hecho arreglar todo, uñas, piel, depilación, tintura, bronceado con rayos infrarrojos, absolutamente todo, y justo esa mañana, como si a propósito hubieran crecido durante la noche, ahí estaban de nuevo, muy taimadas, las espantosas raíces blancas.

—Con tanta cosa que tenía por empacar, cometí el error de dejar el asunto para el último momento —seguía ella, incontenible.

—¿Cuál asunto? —preguntó él, con la ilusión, creo yo, de cambiar de tema.

Cuál iba a ser, pues el drama de las canas: ir a que le pintaran de nuevo el pelo y le ocultaran las canas. Pasó por el salón de belleza camino al aeropuerto, ya con el equipaje en el coche, segura de que no la demorarían más de una hora. Alejandra la esperaba, despachando una revista tras otra y mirando con impaciencia el reloj. En efecto, la peluquera tardó exactamente una hora.

—Y entonces, ¿por qué la demora?

—¡Por el color! Me dejaron fatal, peor de lo que estás viendo. Cuando me vi le dije a la Alejandra, vete tú para Miami, yo de aquí no me muevo hasta que no me apaguen este relumbrón de la cabeza.

—¿Y el lío con la tarifa de tu pasaje? ¿Pudiste solucionarlo?

—No hubo ningún lío con la tarifa de mi pasaje, tonto. El pelo fue la verdadera razón de mi demora.

Mientras recorrían uno al lado del otro los corredores del aeropuerto, él intentaba con ahínco traspasar la cortina de palabras que ella iba tendiendo para llegar hasta la Eloísa que alguna vez había amado. Con la fe puesta en la posibilidad de encontrar algún indicio de familiaridad, alguna contraseña secreta que reviviera el vínculo, espiaba de reojo sus manos de uñas pintadas, su anillo de diamantes, el rápido tijereteo de sus pasos cortos. No, no había señal que abriera una puerta. El pequeño Triángulo de las Bermudas que se había formado en ese brutal cruce de pasado y presente devoraba todas las identidades: la señora del pelo rojo no era Eloísa, como tampoco era él este *señor* que caminaba entre sus propios zapatos, ni era suya esta voz que le devolvía un eco ajeno, ni las palabras que le salían directamente de la lengua, sin pasar antes por su inteligencia.

Eloísa —esta Eloísa apócrifa de ahora— lo abrumaba con explicaciones no pedidas sin intuir siquiera hasta qué punto era irracional y oscuro, e independiente de ella, el verdadero motivo por el cual él había venido: buscar una prórroga para el plazo de sus días. No creo que ni él mismo lo supiera a ciencia cierta, pero era por eso que estaba aquí, por recuperar juventud, por ganar tiempo, y ella le estaba fallando aparatosamente. Eloísa, sagrada e inmutable depositaria de un pasado idílico, se le presentaba en cambio, como por obra de un maleficio, convertida en fiel espejo del paso de los años.

—Pese a todo, has tenido suerte. Hace tres horas estaba mucho peor; era color rojo semáforo —insistía ella—. Zanahoria fosforescente, algo espantoso, no te puedes imaginar.

Él no veía la hora de que terminara esta conversación para que cesaran las resonancias huecas en su cerebro, pero aún se debatía en el enredo del pelo cuando se vio montado en el problema del equipaje. Parada a la orilla de la banda rotatoria, Eloísa le señalaba una a una sus pertenencias y él intentaba recuperarlas de un tirón, sufriendo por adelantado —como cualquier hombre de nuestra edad— los dolores del lumbago que su hipocondría le predecía.

—¡Esa grande! —gritaba ella—. La azul pequeñita que va allá… Ese bolso de lona… ¡No, ése no! La caja que viene… ¡Se te pasó! No importa, a la próxima vuelta. Sí, sí, ésa también…

En los papeles de alquiler del coche se especificaba un Chevrolet Impala color borgoña que debieron buscar entre varias decenas de vehículos parqueados frente a sus ojos.

—Éste es.

—No puede ser, no es borgoña.

—Yo diría que sí es borgoña.

—Es cereza; el borgoña debe ser aquel de allá.

—Ése será borgoña, pero no es Chevrolet.

Debió sentirse atrapado, como en un vientre materno, entre la blanda y rojiza tapicería de ese automóvil repleto de equipaje que, conducido por ella, volaba por la autopista a ciento cincuenta kilómetros por hora hacia el distrito de Pompano Beach, donde fatalmente tendría lugar un episodio amoroso ante el cual Luicé tenía serias dudas, anímicas y sobre todo físicas, de poder responder.

La voz de ella, que seguía fluyendo comunicativa y cantarina, penetraba cada vez menos en los oídos de quien había llegado a una conclusión sin apelaciones sobre la inutilidad de hacer esfuerzos para salvar una situación que desde el principio venía haciendo agua y que tarde o temprano se iría a pique tan estrepitosamente como el *Titanic*.

Mucho más por Eloísa que por él mismo, hubiera deseado que todo saliera bien, que este desangelado encuentro hubiera estado a la altura del esmero que ella había puesto en prepararlo. Pero no había nada que hacer, salvo confiar en que también Eloísa acabara reconociendo que era absurdo forzar así, de buenas a primeras, tan comprometedora intimidad entre dos personas que sólo tenían en común el recuerdo de un recuerdo.

Ella, sin embargo, parecía tener una idea opuesta sobre cómo se debía manejar este ríspido momento, y se empeñaba con una fogosidad admirable en romper el hielo. Se disculpaba por la cantidad de maletas, ofrecía cigarrillos, hablaba del estupendo apartamento que había conseguido a la orilla del mar y en medio de campos de golf, de Alejandra y su tortuoso noviazgo con el indescifrable Nikos, de las indicaciones que debían seguir para llegar sin perderse a Pompano Beach. Pero él la fue doblegando con una táctica eficaz que consistía en combinar comentarios apáticos con respuestas monosilábicas, hasta que ella, aparentemente derrotada, optó por cerrar la boca.

La noche los envolvía como una cueva sin fondo y el Impala, indiferente, devoraba con su aparatosa trompa los cientos de miles de rayitas blancas que marcaban la carretera. Al cabo de muchos kilómetros alguno de los dos prendió el radio y la voz torrencial de un locutor inundó el coche de sonidos, disipando artificialmente un aire de soledad que se hacía cada vez más espeso.

El apartamento era un óptimo exponente de ese mundo cómodo, nuevo, climatizado y privado que se nos ha vuelto sinónimo de paraíso, y que parece tener su sede principal en la Florida. Alejandra ya había estado allí, dejándoles todo listo: un enorme florero de rosas blancas a la entrada, la nevera llena, toallas en el baño y camas tendidas, y él pudo constatar, con inmenso alivio, que les había preparado dos cuartos por separado.

Una Eloísa que flotaba más allá de la ilusión, que ya no pretendía mucho y que se había quitado las joyas, el maquillaje y los zapatos, sirvió en la terraza un par de vasos de jugo fresco de naranja. La noche, tibia y oscura, palpitaba en el canto de los grillos y en el rumor de un mar invisible y cercano.

Vio cómo ella, recostada en la baranda, hundía los ojos en la nada y se dejaba arrullar por la negrura sonora, ya desentendida del color de su pelo, que se entregaba a su antojo al soplo de la brisa. La vio instalada sin angustias en la amplitud de su vestido lila, asumiendo la derrota de su cuerpo grande frente al de la mujer esbelta que alguna vez fue. Mientras la observaba de perfil, fijó sus ojos en un detalle mínimo pero propicio, de alguna extraña manera casi redentor: en medio del rostro marcado por el tiempo permanecía intacta, a salvo de la humana contingencia, esa naricita respingada, caprichosa e infantil; la misma, idéntica naricita que había visto asomada, cuarenta años antes, sobre las aguas del Nilo. «Sí, es ella», debió admitir conmovido, pero se encontraba demasiado fatigado para percatarse del hilo de viento que abandonaba su refugio entre los muros oxidados del Trastevere para darse una vuelta por este apartamento dejando los blancos muebles, recién traídos de algún *shopping center*, sucios con la arena de los siglos.

—Gracias, Eloísa —la llamó por su nombre por primera vez—. Muchas gracias por todo esto.

—Vete a descansar —contestó ella, con amabilidad pero sin el menor rastro de coquetería—. Duerme bien y despreocúpate.

A la mañana siguiente lo despertó el olor que más agradecía en el mundo, el del desayuno recién hecho con pan tostado, café y tocineta dorada, todo dispuesto sobre mantel de flores en la soleada cocina, donde una Eloísa alegre y vestida de *sport* parecía haber borrado de la memoria los malos ratos del día anterior. En unos campos de ensueño jugaron golf toda la radiante mañana, y él debió exigirse a fondo y empaparse en sudor para estar a la altura de ella, que lo sorprendió con dos *birdies* en los primeros nueve hoyos.

No sé qué ni dónde almorzaron, pero me gusta pensar que fue con salmón y vino blanco en un restaurante sobre la playa, conversando de negocios con la reposada indiferencia de quienes ya tienen todo el dinero que necesitan y no se preocupan por hacer más.

A la hora del café él interrumpió de golpe el tema para soltar una confesión:

—Cuando vi a Alejandra pensé que eras tú, y me sentí terriblemente viejo.

—¿Y cuando me viste a mí?

—Me empeñé en no admitir que los dos estábamos viejos.

Después del almuerzo ella se fue de compras y él se encerró en su cuarto, donde puedo verlo como si yo mismo hubiera estado allí: echado sobre la cama en calzoncillos, devorando noticieros de televisión, comunicándose con su casa y oficina, preguntándole a Juan Emilio por la salud del nieto, tapándose la cabeza con la almohada y durmiendo una siesta larga, pacificadora, roncada a pierna suelta, de la cual despertó de estupendo talante cuando ya brillaban las primeras estrellas en el cielo.

Esa noche, en un aterciopelado y brumoso club nocturno brindaron con Viuda de Clicquot servida por cabareteras de escasas lentejuelas, y a la tercera copa, hacia la mitad de «My Way» de Frank Sinatra, él roció con champaña el rescoldo de su antiguo amor y vio con asombro cómo brotaban llamaradas azules.

Compensaron cuarenta años de ausencia compartiendo una semana intensa, alegre y franca. Niño y desnudo, Luicé se zambulló en la risa de ella como en tina de burbujas, se acogió sin reservas a las bondades de algodón y seda de su cuerpo abundante, se alimentó de esa dichosa vocación de libertad que, hoy como ayer, manaba de ella. En el entusiasmo de esa pasión breve y postrera que la vida le regaló con graciosa condescendencia, mi amigo Luicé quemó el manojo de terrores que trae consigo la desangelada tarea de volverse viejo. Son cosas que adivino sin haber obtenido confirmación alguna por parte de él; nuestro intercambio de amadas perdidas y olvidadas tenía leyes inviolables, y era deporte lícito siempre y cuando se evitara meticulosamente mencionar debilidades del alma masculina.

Qué tipo con suerte, Luicé Campocé. También yo hubiera amado a una mujer como Eloísa —es más, la amo de oídas desde los tiempos del Café Automático— y le hubiera agradecido un aventón así en este último recodo de mi camino.

Hay detalles que no vienen al caso porque tienen más que ver conmigo que con Luicé, como el hecho de que en la esquina donde antes quedaba el Automático abrieron una heladería que se llamaba Sussy's, con desabridas mesas de fórmica amarilla y altas butacas en cuerina del mismo color. No queda ni el rastro de las lámparas opacas que hundían en luz lechosa y confidencial las tardes de amigos, ni tampoco está ya la gran cafetera cromada que soltaba vapores como una caldera e impregnaba la cuadra del aroma evocador del tinto recién hecho. Sin embargo, yo me obstino en frecuentar esa esquina, me siento en una de las butacas del Sussy's al lado de mensajeros engominados a lo John Travolta y de secretarias de minifalda y media-pantalón, pido helado de vainilla en vasito y mientras lo como con cuchara de plástico me pongo a pensar en ella, en Eloísa la chilena, el amor de juventud de mi compañero Luicé. Repaso además la memoria velada y dulce de esas otras novias fantasmales, las de ellos y las mías, que mías también las hubo aunque ninguna se llamara Gloria Eterna y aunque en las tertulias vespertinas no las mencionara para conservarlas intactas en el secreto.

Pero a Eloísa la evoco con mayor empeño. Yo, que siempre encontré más real el olor a rosas invisibles que las rosas mismas; yo, que no supe matar de amor a ninguna panadera, ni hacer gritar de placer a las putas de Magangué: yo sí hubiera adivinado en la Eloísa joven a la mujer espléndida que con los años sería, y hubiera amado en la Eloísa vieja a la joven que fue. Por eso, desde la desolación amarilla de Sussy's la recuerdo a ella, tan valiente y veraz en su disparatado intento de resurrección en un apartamento de Pompano Beach. Eloísa la chilena, quien durante una semana logró escabullirse de las tripas golosas de ese pasado que con sus ácidos gástricos nos va digiriendo y convirtiendo en sobras. Eloísa, preferida mía, que supo colarse en la contundencia del hoy, tanto más vital y real que Luicé o que yo, encarnada en todo el esplendor y el desatino de su pelo pintado de rojo y su vestido de seda lila.

En cuanto a ella, qué sabor le habrá quedado de ese rastreo de sus propias huellas es algo que nunca podré saber. Pero intuyo que logró salirse con la suya, al redondear según su soberana voluntad de mujer resuelta un viejo capítulo que había quedado en punta por imposición familiar. Esta segunda vez, el desenlace no fue forzado ni teatral como entonces; se desgajó por su propio peso y cayó amortizado por un cierto aplomo de viejos actores que saben que los papeles principales ya no les corresponden. Lo que Eloísa y Luicé no podían prometerse el uno al otro lo tramaron en el penúltimo atardecer de neón de la Florida, medio en sueños medio en juegos, para sus hijos Alejandra y Juan Emilio, de quienes conversaron obsesivamente, ingeniando situaciones hipotéticas para presentarlos, trucos para deshacerse de Nikos, pretextos para que Juan Emilio viajara a Suiza; fantasiosas estratagemas, en fin, para cederles esos días futuros de los cuales ellos mismos no podían disponer para sí.

Lo último que hicieron juntos, intencionalmente, en plena solemnidad, para cerrar una despedida que se sabía para siempre, fue comprar una camisa de pura seda italiana que Luicé le llevaría de regalo a su esposa Solita. Burlándose del gusto de él y desoyendo sus sugerencias, Eloísa escogió, después de probarse más de diez, una costosa y discreta de color blanco perlado con sutiles arabescos en un blanco mate, de corte clásico y manga larga, que hizo envolver en papel fino y colocar entre una caja.

Ya de vuelta a casa, Luicé vio cómo Solita la sacaba de la maleta, se la ponía sobre el camisón de dormir y se observaba detenidamente al espejo.

—Increíble —me contó él que había comentado ella—. Es la primera vez en toda tu vida que me traes de un viaje un regalo que me guste, que se adecue a mi edad y que me quede bien al cuerpo. Yo misma no la habría comprado distinta. Si no tuviera una confianza ciega en ti, juraría que esta blusa la escogió otra mujer.

Él sonrió entre las cobijas, arropándose en la tibieza de una paz indulgente. Un poco más tarde, antes de caer dormido, mientras acompasaba su corazón a los hondos latidos del *Adagio*, supo que Albinoni le hacía señas y lo invitaba a cruzar, liviano ya de reticencias y temores, el umbral que conduce a las mansas praderas de la vejez.

«El *Adagio* es tuyo, viejo Albinoni —debió pensar con clara convicción—. Tuyo y de nadie más.»

Biografía

Laura Restrepo nació en Bogotá en 1950. Se graduó de Filosofía y Letras en la Universidad de los Andes. En 1983 fue nombrada miembro de la comisión negociadora de paz entre el gobierno y la guerrilla M-19. Esta experiencia quedó plasmada en su primer libro, *Historia de un entusiasmo* (1986), al que le siguieron *La isla de la Pasión* (1989), *Leopardo al sol* (1993) y *Dulce compañía* (1995), obra por la cual Restrepo recibió en 1997 los premios Sor Juana Inés de la Cruz de novela escrita por mujeres, otorgado por la Feria Internacional del Libro de Guadalajara, y el Prix France Culture, premio de la crítica francesa a la mejor novela extranjera publicada en Francia. Más adelante publicó *La novia oscura* (1999), novela que Gabriel García Márquez aplaudió por ser «una singular amalgama entre la investigación periodística y la creación literaria», y luego escribió *La multitud errante* (2001) y *Olor a rosas invisibles* (2002). Es coautora de *Once ensayos sobre la violencia, Operación Príncipe, En qué momento se jodió Medellín* y *Del amor y del fuego*, así como del libro para niños *Las vacas comen espaguetis*.

Ha sido merecedora, además, del Premio Arzobispo Juan de Sanclemente 2003, otorgado por los alumnos del Liceo de Santiago de Compostela a la mejor novela en lengua española, y del premio Alfaguara de Novela 2004 por su obra *Delirio*. Por esta novela, la autora fue nominada en enero de 2007 al premio Independent, que reconoce el trabajo de ficción de un escritor vivo traducido al inglés y publicado en el Reino Unido. En Italia recibió el Grinzane Cavour 2006, hecho que, según algunos críticos, la consagró como una de las voces más importantes del mundo.

Laura Restrepo figura entre los autores latinoamericanos más destacados del momento, y sus libros han sido traducidos a más de una docena de idiomas.

En la actualidad es profesora honoraria de la Universidad de Cornell.

LAURA RESTREPO
The Scent of Invisible Roses

A la Mamina

I imagine his hands were sweating, which is unusual at our age, and probably hadn't happened since our high school graduation, when we received our diplomas from the Jesuits. And I'd swear that as soon as he hung up the phone he felt a fresh breeze pass across his desk from that Roman spring forty years earlier. Irreverent and revitalizing, it had suddenly returned to scatter his papers and ruffle his gray hair. The commotion must have seemed amusing to him at his advanced age—men like him don't get their hair mussed very often. With a brusque wave of his hand, he stopped a solicitous secretary who was trying to interrupt him for his signature, an unequivocal indication that he didn't want the unexpected flood of memories to be shattered.

The feminine voice with the indetermi-
nate accent he had just heard over long distance
had awakened in him a swarm of thoughts from
another time, postponing the urgency of daily
business matters and inviting him to interrupt the
relentless routine of familiar places and calculated
gestures that guarantee the daily well-being of
people like him.

* * *

Luis, C. Campos C., called Luicé Campocé
since high school. I think he must have served
himself a drink. Like any grand *señor*, Luicé had a
small refrigerator in his office, with ice, soda, maybe
even olives and maraschino cherries, everything
needed to serve a drink when the occasion arose.
He leaned back in the tattered but imposing
leather chair, inherited from his father, don Luis
C. Campos C. Turning toward the window, lost in
thought, he gazed out at the shimmering mountains
on the other side of the glass. Though "lost" is not

totally accurate, because he, as opposed to me, is the kind of man who always wins.

Later, he confessed to me that at that moment he had to summon all his powers of concentration to corner the hungry rat that had for some time been gnawing away at the soft cheese of his memory. He wanted to reset the scene in order to place the woman's voice, recapture each instant, each smell, each color of the sky.

He failed, of course. He tried again, this time without such pretension. If he could rescue at least a smell, or just one color, maybe of the sky, or her dress. Or her big green eyes . . . . They were big, and they were green, of that he was sure, although it was possible that they were a little on the amber side. He couldn't remember anything concretely, only abstractly, but luckily it was enough to keep him soaring with the thrilling sensation of vitality that had come to him through the telephone line.

Photographs carefully arranged on his desk— in heavy silver frames, I should add—from which his wife, children and grandchildren smiled at him lovingly, tried to remind him how faraway and lost that spring was, how much life, proper, dignified and rigid, had passed since that very remote Roman sojourn when he was still single. He returned their gaze with infinite love (because he loved his family, of that I am certain) and he asked their forgiveness for the momentary distraction. He couldn't think about them at this inspired moment. He found it necessary to erase all interference.

I couldn't—and I don't imagine he could either—outline clearly the sequence of impulses that had caused him to dial, after forty years, the international access code, the prefix for Switzerland, 31 for Bern and, finally, her telephone number. I have asked myself why he had called her on that particular day, since until then it had never occurred to him to do such a thing. Why had he suddenly needed to feel her close and indispensable, when four decades of a good marriage with another admirable woman had caused him, until now, to remember her only during our lingering chats at the Automático?

When the Café Automático was still in existence, a group of five close friends, already in our thirties, used to gather there laughing at the bittersweet memories of our lost loves, and on those occasions Luicé, when he wanted to shine, told us about her. He said her name was Eloísa, that she belonged to a wealthy family from Chile and that he had met her on a cruise along the Nile. Over time, the group at the Automático became familiar with the details of the love affair. We knew that Luicé saw his chilena for the first time in Luxor, leaning against the gunwale and enraptured with the smooth, golden river, just minutes after the ship had weighed anchor. That he sat beside her that evening at the dinner the captain hosted for the first-class passengers, and that from that moment on they were never apart. Everything about her—according to Luicé—exuded confidence and ease, the softness of her short chestnut hair, her impeccable command of Italian and French, the adolescent agility with which she explored the ruins in her Bermuda shorts, hiking boots and black sunglasses. After ten days, in front of the pyramids in Cairo, Luicé kissed her on the neck and confessed his love for her.

"Be precise," interrupted Herrerita at this point in the story. "In front of which pyramid did you kiss her, Cheops, Khefren, or Mycerinus?"

They set off together for Rome, from where he was to fly on to England to finish his degree at the London School of Economics and she to Geneva, where she was specializing in languages. They intended to say good-bye at the airport, but found themselves unable to and canceled their flights, took a taxi into the city and checked into a hotel near the Trevi Fountain.

"What a delightful melodrama about a couple of rich kids," interrupted Herrerita, and we hushed him with harsh looks.

A month later, when it was absolutely impossible to further postpone departure for the university, they were once again unsuccessful in their attempt to separate, and celebrating destiny, they moved into a cozy pensione in Trastevere, where they lived for three more months, engulfed in a happy, unpreoccupied love affair and spent, on trips to Venice and Amalfi, the funds their respective families religiously sent them from Latin America, secure in the faith that they were still dedicated to their studies.

"Now comes the best part," says Herrerita, eagerly preparing for the end.

The adventure's denouement occurred less than twenty-four hours after the arrival of Eloísa's mother, who had somehow found out about the deception, in Rome with her stern older brother. She was determined to rescue her daughter even if it meant calling the police.

Luicé never knew what happened that night when daughter, mother, and uncle met. He only knew that early the next morning Eloísa appeared in their room at the pensione, red-eyed from hours of crying, silently packed her belongings and said good-bye without looking him in the face, while her family waited below in a taxi with its motor running.

He couldn't prevent his family from finding out about the affair either, and his father grew so angry at Luicé's total irresponsibility that he refused to finance any additional foreign studies. So he had to resign himself to returning to Bogota, where he earned the modest title of economist from the Universidad Javeriana, which at any rate was no obstacle to his working in his father's enormous company, and upon his death, taking the helm of the organization.

Eloísa, the chilena—bourgeois, polyglot and avantgarde—went on to become one of the favorites in our gallery of lost loves, competing against Herrerita's tragic and tubercular baker, the Christian Dior model that Bernardo had pursued around the globe, the three prostitute sisters from Mangangué that had initiated Matuk, the Turk, in the ways of love, and a cousin at the university named Gloria Eterna that Ariel dreamed about feverishly every night from age ten to thirteen.

When the Café Automático closed, I stopped seeing Herrerita and the others, but I maintained a close friendship with Luicé that never diminished, though he kept getting richer and I kept getting poorer, and so I was able to closely follow the path his life took. That is how I learned that despite the abrupt culmination of his romance with Eloísa, and the subsequent establishment of independent lives with an ocean between them—he in Colombia and she in Switzerland—they didn't lose contact over the years. They took advantage of various occasions to reciprocally congratulate one another via brief and rather impersonal notes: first his wedding to a girl from Bogota society, later hers to a Swiss banker, then the birth of their children, his two and her one, and, years later, the arrival of grandchildren.

If personal experiences were included in the curriculum vitae of high-level executives, under the heading, let's say, of "Important Moments Lived," the first part of his relationship with Eloísa could very well appear in Luicé's as: "everything very proper and presentable, a delightful youthful fling nipped in the bud in the nick of time and transformed into a discreet cordiality between adults."

Then destiny intervened to alter the picture when a note written on white paper in the clean handwriting taught at the Colegio Sagrado Corazón arrived in the mail—I won't say perfumed, because I have the highest regard for Eloísa, whom I have always admired without knowing personally. She had written to tell Luicé that her husband had died two years earlier, after a long and difficult illness. Deeply shaken by this unforeseen event, she had remained silent during her mourning period and finally had permitted herself, in four lines, to break the accustomed distance and let through a barely perceptible hint of nostalgia that was, probably, what had motivated him to call her to convey his condolences in his own voice after several failed attempts to produce a letter that wasn't, as his previous ones had been, written by his secretary.

On the day of their telephone conversation, he returned home agitated by a strange disquiet that would not allow him to enjoy the osso bucco that Solita, his wife, had prepared for him. She was given to spoiling him with recipes taken from il Talismano della Felicitá, without taking into consideration the diet recommended by his doctor to ease the pain caused by his gout. Nor was he able to yield peacefully to the Albinoni Adagio that always floated him through serene waters to the most harmonious zone of his being. In the late evening his son, Juan Emilio, who came by his father's house every day, said some things about his grandson that he knew intuitively were important, but which couldn't hold his attention. Later, in bed, he asked Solita about it.

"Allergic?"

"What?"

"Is that what Juan was saying about Juanito, allergic?"

"Not allergic, pre-asthmatic."

"Oh, that's not good . . . . Allergic to what?"

"Do you want to tell me where your head is tonight?"

"Nowhere," he lied. He was anxious and distracted all week, as if he weren't comfortable in his own skin, and he was beginning to worry about this absurd and insistent mental itch that was hampering his relationship with his family and interfering with his work, when he realized that it could only be alleviated by calling her again. So he did, and then again the next week, and the next, until he noticed that by Monday night he was already anticipating the call to Bern that he'd make from his office every Wednesday precisely at noon.

Eloísa spoke twice as much as he, in quantity and in velocity, but they limited themselves to socially acceptable topics, like his work, the Colombian ambassador's drunken escapades, the wonders of a van Gogh retrospective that she had seen in Amsterdam, the gout that was strangling his big toe. They were silly topics to be sure, but I like to imagine that each time they chatted the fresh Roman breeze passed through Luicé's office, stirring his papers and his memories.

It must have been in August, two or three months after the calls had become regular, when they first mentioned the possibility of getting together. She proposed it in the most innocent manner when she offered him and his wife the use of her house in Switzerland during the December holidays.

"And if your grandchildren would like to learn how to ski," she suggested, "bring them too. I could start making arrangements now to rent a couple of chalets in the mountains."

The potential trip began to occupy more time in the weekly conversation, with varying locations and circumstances. He told her that his wife would love to go back to Paris and they agreed that would be a good place to reunite, but of course spring would be better than winter. Since it was more a pretext to communicate than a concrete plan of action, they casually skipped from one city to another, from one month to the next, without getting into details or specifying logistics. From Paris they changed to Miami, where he had some business associates that he needed to visit; from there to Prague, a city they both had always wanted to explore; from Prague somehow to Rome, and after Rome, of course, they succumbed to the unseen pull of Egypt. At some point along the way they stopped referring to grandchildren, and then, without knowing quite how, from Wednesday to Wednesday Solita's name was less and less frequently mentioned in the comings and goings, though she had never been informed of the numerous vacation plans in which she had really only been included as a third party.

The mere mention of Egypt, with the emotional charge it held for them, remote yet familiar, added an anxious tone to Eloísa's voice, a feminine need for details, for entering into the concrete with airline fares in hand and specific suggestions for dates and hotels, all of which was to him—who had been speaking just to speak, confident that it was an unrealizable project—a complete surprise and caused him a good deal of worry, making him feel he was on shaky ground.

All these months of listening to Eloísa had naturally been a balm for Luicé against the peculiar insults that a man in his condition experiences at the onset of old age: switching from tennis to golf, being forced to quit smoking, extra holes in his belt, stronger eyeglasses. But between that and risking what he had built over his entire life, to take a trip down the Nile with an old girlfriend was an abyss that he wasn't even remotely prepared to cross. That should have been evident to anyone, but not to Eloísa, and not because she entertained any illusions, but because she was a woman accustomed to having her way.

So, on the next call, they became lost in differing levels of involvement that neither could fail to notice. Her excessive enthusiasm receded, cautiously, when met by his evasive responses, and when they hung up both knew that they had reached a dead point that left them no option but to return to their sporadic, diplomatically worded notes.

During the following two months the telephone did not ring on Wednesday at noon in the house in Bern, and I think it fair to presume Luicé had begun to forget the matter with an unpleasant resignation, somewhere between annoyance and relief. Although secretly he would have preferred to limit himself to café con leche and toast, he could once again enjoy the Italian recipes that Solita regularly prepared for him and he happily returned to his old, relaxing habit of listening to the Albinoni Adagio before going to sleep.

That Sunday morning when he bought issue number five of a booklet series called *The Treasures of the Nile* from the kiosk on the corner, he did it more as a reflex than anything else, knowing beforehand that he would never buy number six. But that's not how it turned out. Not only did he send a messenger to buy it, but he also asked his secretary to locate the first four issues, which were already out of circulation. I don't think he thought about Eloísa as he scanned the pages without stopping to read the text, a little distracted by other matters, sort of like someone glancing at the classifieds without really looking for anything in particular. Nor did he know why he found looking at the large color pictures so intriguing, though it might have been just to quantify the degree to which his memory had softened and which made him unable to recognize, as if they were from another planet, the places he had visited. Abu Simbel? No, maybe he hadn't been there. He remembered a little more about Karnac, but those giant statues with sheeps' heads, all in a row, had he seen them? If he'd saved his photographs he could have checked. Because he had taken pictures of them together at the ruins, in the excavations, on the boat, and during that last night—about which Herrerita demanded that he tell them in detail—at the costume ball where Eloísa had appeared stunningly dressed as Isis, or was it Osiris? Anyway, it was an Egyptian goddess.

"You have never confessed what you went dressed as," interjected Herrerita.

"Hombre, that's because I can't remember."

"As a eunuch, maybe, or an obelisk? An odalisque, a date, a foreign legionnaire? I've got it! A Persian rug, or a camel's hump . . . ."

Luicé had burned the photographs several days before the wedding, together with any others that included the presence of women that, if discovered, could cause his wife to worry. It had been foolish after all, because Solita loved to hear about his old adventures, and on the shelves in the living room she had several albums from her youth where she appeared in bobby socks, long skirts, and saddle shoes, laughing and dancing wildly with other men.

The Treasures of the Nile had reached number twelve in the series when, one Wednesday around two o'clock in the afternoon, leaving his office for lunch, he was stopped at the door by his secretary.

"You have a long-distance call, *señor*. From Bern. Should I tell them to call back after lunch?"

He rushed to the telephone more hastily than he would have liked his secretary to have seen, and I think I could safely say that he had to breathe deeply so that his wavering voice didn't reveal how hard his heart was beating. Eloísa was brief and to the point, not asking questions or permitting interruptions. Her daughter, a photographer, was having an exposition the following week in New York and she was going to accompany her. Afterward they were going for a few days of sun to Miami, where she would wait for him two weeks from today at six o'clock in the evening, at Gate 27, Concourse G at Miami International Airport. If he took a flight that afternoon on American Airlines he would arrive just in time. He didn't need to worry about reserving a hotel room, because she had already taken care of everything. Since she supposed that after so many years he wouldn't recognize her, she told him that she would be wearing a lavender silk dress.

I wonder what his first reaction to such a proposal was. It must have seemed terribly rash. After discarding other hypotheses, I'll stick with this one, which I'll divide into two. One, he laughed at the strident, executive tone and the unhesitating resolve with which she transmitted the order. And two, he admired the audacity of Eloísa, who, in response to his earlier tactic of defusing the compromising situation with silence and indefinite responses, was now counterattacking with rock-solid proposals. At any rate, Luicé was only able to say one thing before she hung up.

"As you wish, señora."

"As you wish, señora." What was that supposed to mean? He might as well have said "If it pleases you," "You're the boss," or any other convenient expression to get out of the tight spot without committing to anything and without being so rude as to refuse outright. But the idea was turning round and round in his head.

Checking here and there, I eventually found out that the waiter who served him his consommé with sherry for lunch that afternoon was surprised that the *señor*, usually so serious, laughed to himself. Then the waiter noticed that he kept smiling all through the fish course, and when it was time for dessert he grew tired of asking which the *señor* preferred, as he was much too distracted to hear anything. So he took it upon himself to risk bringing a caramel flan, and he watched as it was ingested by the *señor* in a state of such self-absorption that he was sure that if he had brought duck a l'orange or a bunch of parsley he wouldn't have noticed.

Despite the good humor that the telephone call produced, Luicé must have returned to his office determined not to let the afternoon pass without calling Eloísa to dissuade her, but instead of doing that, he asked his secretary to check the status of his U.S. visa.

"Just in case," he said.

The next day he had to go to the dentist to have a tooth removed, and more than by the violence of the extraction, he was hurt by the response he got from the dentist when he asked if he was going to replace the lost tooth with a false one.

"We can't," he said, using the humiliating plural out of pity. "We don't have anything to secure it to. Remember that we've lost the neighboring molars . . . . . .

"Are you telling me that you, too, are a toothless old man?" he said in response to this indignation, and returned to his house, in a foul mood, his face swollen.

It is easy to comprehend why, at his borderline age, Luicé had given such an exaggerated importance to the incident, which when added to the gout torturing his toe and his necessary but offensive decision to retire soon, leaving the office in younger hands, seemed to be the cause of the sudden, uncontrollable rebelliousness that possessed him lately, and which his surprised wife called "adolescent." But it was really just an old horse kicking at anything that tried to tighten the cinch. He began closing himself up in his room to stare at the ceiling, smoking in secret, and becoming obsessed with the idea that his grandchildren were being brought up poorly.

"Your father is a wreck," Solita told their sons.

He was even irritable with the one person who inspired his most unconditional adoration, his son Juan Emilio.

"Did you know, Papé, that the Adagio that you've been listening to isn't really by Albinoni?" his son had the unfortunate idea of asking him.

"What do you mean?" he barked. "Who is Albinoni's Adagio by, if not Albinoni?"

Juan Emilio tried to explain that it was a masterly falsification by Remo Giazotto, Albinoni's biographer, but was able only to further disgust his father.

"That was the last thing I needed," he grumbled. "I've spent three whole years, eight hundred nights straight, listening to something, and now they tell me it's something else entirely."

In addition, he had adopted the habit of chastising his secretaries for silly things, which was falsely interpreted in the office as an intolerance of errors. From what I could gather, what upset him was their extreme youth, their exuberant green apple fragrance that made his own transition to dried prune even more noticeable.

In yet another manifestation of his solitary protest against those around him and especially against himself, he deliberately put off, day after day, that unavoidable telephone call to Bern to excuse himself. Not because he really considered going, but simply to feel the pleasure of being irresponsible. And it's important to remember that the only significant act of irresponsibility in this honorable man's life so far was precisely the one that he had committed with the chilena.

He must have spent hours racking his brains trying to find the kindest way of refusing Eloísa, without offending her or seeming oafish, but it only took him two minutes of improvising in front of his wife to come up with the first great lie of his married life.

"What a pain, Miami," he said. "But there's no way around it, I have to close the deal there."

The first thing he did when he got on the airplane, even before fastening his seat belt, was to ask for a double scotch. Perhaps to camouflage the fear of arriving at that enormous, bustling airport? It's understandable; he didn't have a telephone number or an address, or any other reference except an appointment subject to a thousand unforeseen obstacles, set two weeks earlier and never confirmed, all in search of a ghost from his past wrapped in lavender-colored silk.

He landed in Miami a quarter of an hour early, with five scotches under his belt and an unbridled enthusiasm that conveyed him straight to Concourse G. There were about twenty-five people at the specified gate. He studied them one by one and realized worriedly that nobody was dressed in lavender.

Had I been in his place, I'd have spent the time telling myself it was too early to worry, that surely Eloísa's airplane hadn't landed yet. But what if she had already arrived, and he was waiting in the wrong spot? He did the same thing I would have done. He walked back out to the entrance to the gate and looked at the sign to make sure he hadn't made a mistake. He was, however, at Gate 27 in Concourse G. He checked his Omega watch. It was barely 5:45. Except for his nerves, everything was under control.

But, what about the time change? The possibility that it might be an hour later than he thought made his heart freeze. Luckily, just across from him, big and round, was a wall clock with clear Arabic numbers coinciding exactly with the time on his watch; reset, he thought he remembered, during the flight at the captain's suggestion.

Visibly more at ease, he found a spot that afforded the best view of the passengers. He sat down, and although he was able to relax a bit, anxiety pushed him to the edge of his seat. Ten minutes passed, then twenty. As the effects of the whiskey wore off, so did his enthusiasm, leaving him with a cruel doubt. Could Eloísa have changed her mind? Or worse, had she taken as a joke a date that he, naively, had kept?

If I were in his shoes, it would have made me laugh to think that at my age, and by my own will, I had gotten involved in such a ridiculous scenario. But my laughter would have turned into melancholy and I wouldn't have been able to control the urge to go home. Maybe he was already imagining Solita's face as he returned from Miami before midnight the same day he had left, when his attention was drawn to a tall, thin woman at the end of the passageway with a large scarf on her head.

With a graceful, easy stride, the woman advanced to the gate entrance and stopped there.

He watched her scan the room, as if looking for someone. She was young and quite beautiful, and she possessed certain exotic yet familiar features that produced a hypnotic effect on Luicé.

He would have liked to remain there, contemplating her without being seen, but her eyes fixed on him, surprising and then disturbing him as he realized that the young woman was smiling at him and had begun to walk toward where he was sitting. As she crossed the twenty yards that separated them, still looking at him and without losing her smile, his eyes were fixed on her billowing white dress. When there were only five yards remaining he could see the sparkle in her amber eyes. At four yards he shuddered when he realized that the large silk scarf she wore wrapped around her head was lavender. With only two yards to go, he was floored by a terrifying realization: the woman was Eloísa.

In a few seconds—the time it took her to walk the last two yards—he retrieved from the murky labyrinth of his memory a sequence of images from that cruise down the Nile. There they were again, laceratingly intact, the god Horus with his falcon profile, the magnificent solitary obelisk that guarded the entrance to the temple of Amon, the lapis lazuli and malachite scarabs, the living procession of biblical figures along the two green riverbanks, the cobras draped around the necks of the merchants in Aswan. And in the middle of it all, there she was, exactly as she was now, forty years later, standing before him at Miami International Airport.

The years had passed through her like a ray of light through a window: they had left her untouched. He felt his long-lost love and an oceanic admiration for her well up in the depths of his chest, proportional only to the disgust that began to form like bubbles around his own body. His bulky middle seemed unpresentable and he tried to straighten his suit, which had become wrinkled during the flight. The bags under his eyes seemed heavier than ever and he knew that the cigarette he had just smoked had left his breath foul. He had never felt so abandoned as at that instant, as if he were the only inhabitant of the inclement country of time, the sole and select victim of the passing hours and days, which had chewed him with their minuscule teeth.

"I am Alejandra, Eloísa's daughter," she said, extending her hand, without ever suspecting from what dark abyss she had rescued him.

"Eloísa's daughter . . ." he breathed. "The apple doesn't fall far from the tree! You look just like your mother," he added, his soul now back in his body. "How did you recognize me?"

"She showed me a picture of you and said, imagine him with gray hair, add some weight and glasses, and you can't miss him."

Alejandra made some confusing explanations about why her mother had been delayed in New York for a few more hours. Eloísa had sent her ahead to meet him so he wouldn't worry and to keep him company until nine o'clock.

"Eloísa's arriving at nine?"

"That's right. If you'd like, we could go ahead and rent a car, and if you're hungry we could get something to eat."

"You were together in New York?"

"Yes, but she couldn't be here at six, because of the problem that I told you about," said Alejandra, getting caught up again in vague excuses that had something to do with airfares.

He needed her to thoroughly explain the problem that had caused the delay in order to regain some control over the situation, but now Alejandra was introducing him to a pale, rail-thin man, wearing a worn jacket and an indifferent air, whom he had not noticed before.

"This is Nikos, my boyfriend."

Forming a tense, mismatched committee, the three set off to rent an automobile and then to eat something light, mixing embarrassing silences with fragments of a stiff and formal conversation that Nikos neither added to nor helped along with his disagreeable attitude. Luicé struggled to conceal his dislike of Nikos, and if he didn't flee the airport, where he felt as if he were an extra in a strange comedy, it was surely out of resignation to the unavoidable chain of events that stemmed from an erroneous act. He had committed an error when he boarded the airplane, or perhaps months earlier, when he called Eloísa for the first time, and he was too old not to know the rules of reality according to which every path taken requires as many steps to turn back from as it does to advance along.

I know, however, that a certain sweetness soothed his misgivings. It was Alejandra's presence, her honest smile and her warm manner in trying to make this bizarre meeting a marvelous encounter of love for her mother. Life certainly is strange. This precious girl who just before had appeared before his eyes like Aphrodite incarnate, now awakened in him a more paternal inclination, and I'm sure that when he looked at her he couldn't help thinking about Juan Emilio, because he spoke to her in a lowered voice, with a conspiratorial tone, taking advantage of the fact that the cadaverous Nikos had gone to get some coffee.

"I would love for you to meet my youngest son sometime. His name is Juan Emilio and he's a terrific guy. Recently separated, too."

A little before nine the couple said good-bye to Luicé, leaving him alone to wait for Eloísa. Of all the feelings he had experienced recently, only fatigue remained, and he collapsed in the first seat he found, hoping for a moment of peace. Not two minutes had passed when Alejandra came running back toward him. She unwrapped the ethereal lavender silk *écharpe* from around her head and gave it to him.

"Please give this to my mother. It's part of her dress," she asked him, giving him a light kiss on the cheek. "I hope you have a very happy time together."

Then the girl ran off and Luicé found himself alone again, burdened with his fatigue, the wilted *écharpe* in his hands. A loudspeaker announced the departure of some flight and after a rapid flow of people and luggage the gate became silent and empty, and he was able to stretch out his legs over two neighboring seats. He let himself slip into a soft, undulating drowsiness, then he settled into a deep, seamless sleep, uninterrupted by the wave of flowery perfume that filled his nose, the cascading laughter flooding his ears, or even the soft touch of a hand on his knee. After some time, like someone crossing a lake underwater and not coming up for air until reaching the other shore, his consciousness surfaced, returning him to the blinding fluorescent light.

He looked around with newborn eyes, still seeing more within than without, and jumped when he registered the proximity of a señora with red hair who was looking at him.

"Give that back to me, *señor*. It's mine," she said, laughing and taking the *écharpe*, which was the same color and material as the rest of her outfit.

Petrified, he looked at her as if he had awakened to a dream more unreal than the previous one, and he was unable to say or do anything. She tried to smile and then put a nervous hand to her hair, perhaps blaming its appearance for his shock.

"Too red, isn't it?" she asked.

"What's that?"

"My hair . . ."

"A little red, yes."

Aware of each of his gestures, slowly and stiffly like a marionette, he stood up and gave the woman a hug like a bishop's which, instead of conveying the warmth of a reunion, was proof of the enormous distance that separated them. While he was held by arms that seemed not to want to let go, he noted, I'm sure, the difference in volume between this Eloísa and the one from his past, and his hands, resting on her back and waist, felt how, on the other side of the cold silk, her feminine shape fused into a single abundant warmth of cushioned flesh. At least that's how it would have seemed to me.

"So much risk and such a long journey," he must have thought, "just to find another señora like the one I left at home."

When he escaped from the embrace and could retreat a few inches, he made an enormous effort to recognize her. But there was nothing. This red-headed woman wrapped in clouds of sweet perfume and lavender silk, who had Eloísa's face, who spoke and laughed like Eloísa, really didn't look like anyone, not like his memory of young Eloísa, or

Alejandra, or even what anyone would have supposed that Eloísa would look like at a mature age.

She was in a hurry to explain how that morning when she got up she had discovered in front of the mirror that her gray hair was beginning to show under her dyed hair. In Switzerland she had arranged everything, nails, skin, depilatory, dying her hair, tanning, absolutely everything, and just this morning, as if purposely growing during the night, there they were again, crafty devils, her shocking white roots.

"With so much to pack, I made the mistake of leaving it for the last minute," she continued, unstoppable.

"Leaving what?" he asked, with the hope, I think, of changing the topic.

What else, but the drama of the gray hair, going to have her hair dyed again to hide the gray. She went to the beauty parlor on the way to the airport, with her luggage waiting in the car, sure that it wouldn't take more than an hour. Alejandra was waiting for her, leafing through magazine after magazine and glancing impatiently at the clock. And actually, the stylist took exactly one hour.

"So why the delay?"

"The color! They left me looking ridiculous, worse than what you see now. When I saw it I told Alejandra, go on to Miami, I'm not leaving here until they turn off this blazing hair."

"And the mix-up with your ticket? Were you able to resolve it?"

"There was no mix-up with my ticket, silly. The hair was the real reason for my being late."

As they walked side by side down the airport corridors, he tried earnestly to cut through the curtain of words that she was building so that he could reach the Eloísa he had once loved. With his hope set on the possibility of finding something familiar, some secret sign of reviving the intimacy between them, he noticed her hands with the painted nails, her diamond ring, the rapid staccato of her short steps. No, there was no signal that would open the door. The small Bermuda Triangle that had appeared over this brutal convergence of past and present devoured all identities: the señora with the red hair wasn't Eloísa, just as he wasn't the *señor* who was walking in his own shoes, nor was this her voice reaching him as from a far-off echo, nor the words that came directly from her tongue, without passing first through her brain.

Eloísa—this apocryphal Eloísa of today—overwhelmed him with unrequested explanations, without even realizing how irrational, obscure, and independent of her was his real reason for having come: to find a way to extend his life. I don't think that even he knew this with any certainty, but that is why he was here, to rediscover his youth, to make up for lost time, and she was failing him miserably. Eloísa, that sacred and immutable depository of an idyllic past, instead appeared to him, as if by a curse, as a faithful mirror of the passing of the years.

"You're lucky. Three hours ago it was much worse. It was as red as a stoplight," she insisted. "Phosphorescent carrot, something horrible. You can't imagine."

He didn't know when this conversation would end and the hollow resonations in his brain would stop, but the hair saga was still going on when he found himself immersed in the problem of baggage. Standing beside the moving belt, Eloísa pointed one by one at her belongings and he tried to yank them off, suffering beforehand—like any man of our age—the backache that the hypochondriac in him presupposed.

"That big one!" she shouted. "The little blue one over there. That canvas bag . . . No, not that one! This box that's coming... It got by you! It doesn't matter. Next time around. Yes, that one too . . . . . . "

The rental car papers specified a burgundy Chevrolet Impala that they were supposed to find among several dozen vehicles parked in front of them.

"It's this one."

"It can't be. It's not burgundy."

"I think it is burgundy."

"It's cherry. It must be that one over there."

"That one's burgundy, but it's not a Chevrolet."

He must have felt trapped, as if in a womb, by the soft, red upholstery of that car full of luggage as she flew down the highway at ninety miles an hour toward Pompano Beach, where an amorous interlude fatefully awaited them and about which Luicé had serious doubts, in terms of mood, and more especially, physically, as to how he would be able to respond.

Her voice, which maintained a constant communication, penetrated less and less into the ears of someone who had arrived at a final conclusion about the futility of making an effort to salvage a situation that from the beginning looked waterlogged and which sooner or later was going to sink as disastrously as the Titanic.

More for Eloísa than for himself, he had wanted everything to turn out well, for this unholy reunion to live up to the level of care that she had put into planning it. But nothing could be done, except to trust that Eloísa would also end up realizing that it was absurd to force, all of a sudden, such a compromising intimacy between two people with only the memory of a memory in common.

She, nevertheless, seemed to have the opposite idea about how this momentous occasion should be handled, and she set about with admirable tenacity to break the ice. She apologized for the number of suitcases, offered cigarettes, talked about the stupendous apartment she had arranged right on the beach in the middle of a golf course, of Alejandra and her torturous relationship with the indecipherable Nikos, about the directions they were supposed to follow to reach Pompano Beach without getting lost. But he was riposting with an efficient tactic that consisted of a combination of apathetic comments and monosyllabic answers, until she, apparently defeated, decided to keep her mouth shut.

The night surrounded them like an endless cave and the Impala, indifferent, devoured, with its bulky snout, the hundreds of thousands of white lines demarcating the highway. After a number of miles one of them turned the radio on and the torrential voice of the broadcaster flooded the car with sound, artificially dissipating the air of loneliness that was growing thicker by the minute.

The apartment was the perfect manifestation of that comfortable, new, air-conditioned private world that we have made synonymous with paradise, and which seems to have its principal domain in Florida. Alejandra had already been there, leaving everything ready: an enormous vase of white roses at the entrance, a stocked refrigerator, towels in the bathroom and the beds made. He noticed, with immense relief, that two separate rooms had been prepared.

An Eloísa that floated somewhere beyond illusion, who was no longer trying to force things and who had removed her jewelry, her makeup and her shoes, served them fresh orange juice on the terrace. The night, warm and dark, pulsed with the sound of the crickets and with the roar of the nearby but invisible ocean.

He saw how, leaning against the railing, she let her eyes stare off into nothing and let herself be lulled by the sonorous blackness, forgetting about the color of her hair and giving in to the pleasure of the gentle breeze. He saw her standing there without a care, in the ampleness of her lavender dress, accepting the defeat of her large body in place of that of the thin woman she had once been. As he studied her profile, he focused his eyes on a tiny but propitious detail, somehow almost redeeming: in the middle of her face marked by time, safe from human contingency, that upturned nose, capricious and infantile; the same, identical nose that he had seen, forty years earlier, over the waters of the Nile. "Yes, it's her," he must have admitted, moved, but he was too tired to perceive the thread of wind that came off the oxidized walls of Trastevere to blow through this apartment leaving the white furniture, recently purchased at some shopping center, sprinkled with the sand of the centuries.

"Thank you, Eloísa," he called her by name for the first time. "Thank you for all of this."

"Go rest now," she said, kindly, and without

the slightest hint of flirtation. "Sleep well and don't worry about anything."

The next morning he was awakened by the most pleasing smell in the world, the smell of freshly made breakfast with toast, coffee and golden bacon, everything set out on a floral tablecloth in the sunny kitchen, where a happy Eloísa, dressed casually, seemed to have erased from her memory the less than pleasant moments of the preceding day. They played golf the whole radiant morning on a course worthy of dreams, and he had to really push himself, and ended up sweating just to keep up with Eloísa, who surprised him with two birdies in the first nine holes.

I don't know for sure where they had lunch, but I like to think that they had salmon and white wine in a restaurant on the beach, discussing business with the settled indifference of those who already have all the money they need and aren't worried about making more. As they were drinking their coffee, he suddenly changed the topic to make a confession.

"When I saw Alejandra I thought she was you, and I felt terribly old."

"And when you saw me?"

"I pledged not to admit that we had both grown old."

After lunch she went shopping and he closed himself in his room, where I can see him as if I had been there: lying on the bed in his underwear, devouring the news on television, checking in with his house and his office, asking Juan Emilio about his grandson's health, covering his head with a pillow and taking a long, peaceful siesta, snoring like a freight train, from which he awoke in a splendid mood when the first stars were already shining in the sky.

That night, in a velvet, smoky nightclub they toasted with Veuve Cliquot served by cocktail waitresses scantily clad in sequins, and by their third glass, halfway through Frank Sinatra's "My Way," he sprinkled the smoldering ashes of their old love with champagne and was amazed to see how they burst into blue flames.

They made up for forty years of separation by sharing an intense, happy and honest week. Childlike and naked, Luicé dove into Eloísa's laugh as if into a bubble bath. He thrived on the wonderful feeling of freedom that, now and always, she radiated. In the enthusiasm of that brief and final passion that life, with gracious acquiescence, gave him as a gift, my friend Luicé burned away the bundle of fears inherent in the ungodly process of growing old. These are things I can guess without obtaining confirmation from him. Our sharing of lost and forgotten loves had its inviolable rules, and it was fair sport as long as we meticulously avoided any mention of weakness in the male soul.

What a lucky guy, Luicé Campocé. I would also have loved a woman like Eloísa—actually, I have loved her just by hearing about her since the days of the Café Automático—and I would have been grateful for a boost like that at the final turn in my life's path.

There are details that I won't go on about because they have more to do with me than with

Luicé, like the fact that on the corner where the Automático was they opened an ice cream shop called Sussy's, with insipid tables of yellow Formica and high stools in the same color vinyl. There's not a vestige of the opaque lamps that bathed the afternoons spent with friends in a soft, confidential light, nor of the great chrome coffee machine that gave off vapor like a cauldron and impregnated the block with the inviting aroma of freshly brewed coffee. However, I continue to frequent that corner. I sit on one of the stools at Sussy's next to messengers greased up like John Travolta and secretaries wearing miniskirts and panty hose. I ask for vanilla ice cream in a cup and while I eat it with a plastic spoon I think of her, of Eloísa the chilena, the love of my friend Luicé's youth. I also think about the sweet, hidden memory of those other phantasmal girlfriends, theirs and mine, since I had my own, though none named Gloria Eterna, and which I never mentioned during our afternoon gatherings in order to preserve them intact in their secrecy.

But I invoke Eloísa with more feeling, I, who always found the scent of invisible roses more real than roses themselves; I, who don't know how to slay a baker woman with love, or make the whores of Mangangué shout with pleasure; I would have divined in the young Eloísa the splendid woman that she would become over the years, and I would have loved in the mature Eloísa the young woman she had been. So, from the yellow desolation of Sussy's I remember her, so valiant and tenacious in her attempt at resurrection in an apartment in Pompano Beach. Eloísa, the chilena, who over the course of a week managed to wriggle away from the sated belly of the past, which changes us and converts us into leftovers with its gastric juices. Eloísa, my favorite, who knew to slip past the overwhelmingness of today, so much more vital and real than Luicé or me, incarnated in all the splendor and silliness of her red-dyed hair and her lavender silk dress.

As for her, we'll never know how she felt retracing her footsteps. But I imagine that she managed to make out all right, after having dealt, in her own way as an independent woman, with an old chapter of her life that had been put on hold by familial interference. This second time the separation wasn't as forced or theatrical as before. It came about on its own terms and with mutual acknowledgment, as with old actors who realize that the principal roles are no longer appropriate for them. What Eloísa and Luicé couldn't promise one another they plotted on the penultimate afternoon of Florida neon, half dreaming, half playing, for their children Alejandra and Juan Emilio, about whom they talked obsessively: imagining ingenious hypothetical situations for introducing them, tricks for getting rid of Nikos, pretexts for Juan Emilio to travel to Switzerland; strategic fantasies to grant their children a future together, something which they themselves would never have.

The last thing they did, intentionally, solemnly, to finalize the farewell that they knew would be forever, was to buy an Italian silk blouse for Luicé to take back as a gift for his wife, Solita.

Making fun of his taste and ignoring his suggestions, Eloísa chose, after looking at more than ten, an expensive and discreet pearl-white long-sleeved blouse with subtle, pale white arabesques in a classic style that she had wrapped in tissue paper and placed in a box.

Back at home, Luicé watched as Solita took it out of his suitcase, put it on over her nightgown and looked at herself thoughtfully in the mirror.

"Incredible," he told me she had said. "This is the first time in your life that you have brought me a present from one of your trips that I like, that is appropriate for my age and that fits me well. I would have bought the same thing for myself. If I didn't have blind trust in you, I would swear that another woman chose this blouse."

He smiled under the covers, bundled up in the warmth of an indulgent peace. A little later, before he fell asleep, as his heartbeats matched the deep rhythm of the Adagio, he knew that Albinoni was sending him a signal and inviting him to cross, free at last from all reticence and fear, the threshold leading to the gentle fields of old age.

"The Adagio is yours, old Albinoni," he must have thought, with clear conviction. "Yours and no one else's."

BIOGRAPHY

L aura Restrepo was born in Bogotá, Colombia in 1950. She graduated from the University of the Andes with a degree in Philosophy and Literature and afterwards completed postgraduate work in Political Science. In 1983, she served as a member of the commission that negotiated for peace with the M-19 guerrilla movement. Her first book, *Historia de un entusiasmo* (1986), would chronicle this experience. She then published *La isla de la pasión* (1989), a story based on historical events about a shipwrecked of soldiers and their families, marooned for a decade on the island of Clipperton, off Acapulco; *Leopardo al sol* (1993); and *Dulce compañía* (1995) –translated into English as *The Angel of Galilea*– won the Mexican Sor Juana Inés de la Cruz Prize (1998) at the Guadalajara Book Fair, and the Prix France-Culture (1997), awarded to the best foreign novel published in France. Later, she published *La novia oscura* (1999) *–The Dark Bride–*, the story of a young Indian prostitute and her ambiguous relationship with the society of the postwar oil boom. *La multitud errante* (2001) is a story of improbable love from the violent heart of the civil war in Colombia. She is the co-author of several essays such as: *Once ensayos sobre la violencia, Operación Príncipe, En qué momento se jodió medellín* and *Del amor y del fuego*. She has published a book for children entitled *Las vacas comen espaguetis*.

She has been awarded the Arzobispo Juan de Sanclemente Prize (2003) by the students of the Liceo Santiago de Compostela for the best novel in the Spanish language and the Alfaguara Prize (2004) for her novel *Delirio*. She was nominated in January 2007 for the Independent Prize for the best work of fiction published in the United Kingdom. She was awarded the Grinzane Cavour prize in 2006 in Italy. Laura Restrepo is one of the most outstanding authors of the new generation in Latin America. She is currently an Honorary Professor at Cornell University.

Impreso en los Estados Unidos de América
por HCI Printing,
en el mes de octubre de 2008.

* * *

Printed in The United States of America
by HCI Printing. October 2008.